池澤夏樹

「メランコリア」とその他の詩

書肆山田

目次——「メランコリア」とその他の詩

詩法——鳥と井戸　8

メランコリア
1　失踪　10
2　スエズ　14
3　昔話　16
4　砂時計　18
5　テロ　20
6　雪　22
7　奔流　26
8　回廊　28
9　覗く　30
10　事故　34
11　子供たち　36

12　嗚呼！　40
二歳の時の詩　42
午後の歌　46
きみが通ると　48
木になる　50
蓮乃が歌う朝の歌　52
那由多の海　54
今年ばかりは　58
名前が知りたい　66
秋風の歌　70
あとがき　74

「メランコリア」とその他の詩

詩法——鳥と井戸

心という蒼穹を
意想の鳥が飛び交う
決して群れない
まとまらない
ひらりひらりと
勝手に視野を横切り
一瞬だけ見えて消える

心という砂漠の井戸から
詩のための水を汲む
すぐ涸れるので
しばらく待つ
やがてまた溜まる
地下水脈は
どこにつながっているのだろう

メランコリア

1　失踪

ある日、アンナがいなくなった
愛が失われたからではなく
何かが彼女を迎えにきたから

私はアンナを探した
何日もこの大都会を歩いて探しつづけ
遂に彼女の新しい家を見つけた
しかし、私がそこに行った前の日に
アンナはそこを出ていた
手掛かりはあった、
後を追えと言わんばかりのメモが……
「次の新月の晩
　ラトヴィアのリガのグランド・ホテルのコーヒーハウス」
私は待った　私は行った
そこにまたもや本人ではなく

手掛かりだけを見いだした……
「今年の夏至の日　赤道が横切る国の首都　大統領官邸の前」
行ってみると、アンナの残り香が漂っていた

そういうゲームが始まった
いつもドアのところに出てゆく姿がちらりと見える
走っていって外を見ても
街路には誰もいない

2　スエズ

私のバスは運河に平行する道を走っている
道と運河の間には二階建て三階建ての建物がならび
路上を老人たちが悠然と歩いている
道端に坐り込んでオレンジを売る商人
プリント地のパジャマ服を着た子どもたち

その家々の屋根の向こうを
大きな船がゆっくりと進んでいく

マストとブリッジと煙突だけが動いていく

バスの中の私は知っている
アンナがあの船に乗っていることを
船がどこにも寄港せずにまっすぐインドに向かうことを
従って、私には船に乗る方法がないことを

3　昔話

昼前から夕方まで
大きなポットのお茶を少しずつすすりながら
老婆は話しつづけた
五十年前に夫が建てた無人島の漁師小屋のこと
息子が行った戦争のこと
嫁の一人が密造酒を作る名人だったこと

老婆はもつれた古毛糸の山をほぐし、ほどき

郵　便　は　が　き

〒171-0022
東京都豊島区南池袋2-8-5-301

書　肆　山　田　行

常々小社刊行書籍を御購読御注文いただき有難う存じます。御面倒でも下記に御記入の上、御投函下さい。御連絡等使わせていただきます。

書名

御感想・御希望

御名前

御住所

御職業・御年齢

御買上書店名

結んで、玉に巻きながら、話した
庭の木の枝という枝に
無数のコウノトリが来て泊まった夜のこと
孫の笑顔のこと

しかし最後まで聞いていても
アンナの話は出なかった

4　砂時計

その古道具屋は私に
さまざまな品を見せた
探しているようなものはなかったから
私は何も買わなかった
最後に彼は店の奥から
秘蔵の品と称するものを持ってきた
古い小さな砂時計一つ
彼はしばらく黙って見ていてくれと言うと
それをひっくり返して、行ってしまった

十五分たっても砂は絶えなかった
上の砂も下の砂も量が変わらなかった
私はこの
時を計ることのできない
永久砂時計を買った

三日後
私は誰もいない砂漠にそれを捨てた
永久にアンナを探し当てられないことの
象徴のように思われはじめたから

5　テロ

今　アンナが何をしているのか
私は知らない
かつて彼女はテロリストとして
五大陸の間で爆弾を運びまわっていた
その頃がいちばん優しかった

その後　アンナは
貧しい国の病気の人々の世話をする

奉仕活動グループに加わった
性格は格段にきつくなった

それから
修道院に入ると言って
私を捨てた

そこを十日後に出たことを
私は知っている
今どこにいるか　何をしているか
私は知らない

6
雪

私はアンナを追うことに疲れた
山の中に羊飼いの小屋を借りて
一人静かに暮らすことにした
石造りの小屋までは麓から
ロバの道が通じていた

冬になって
雪が降った

山は真っ白になった

ある朝
起きてみると
小屋の前に大きな雪の像があった
仰向けに寝て、わずかに足を開いた女
夜中にアンナが来て
自分の像を作って
帰っていったのだ

私は小屋から出て

そのまわりを一周した
麓の方を見た
こうして
またアンナを追う日々がはじまった

7　奔流

涸れた河の河床を見下ろす
河岸段丘の上に
私はテントを張った
夜になって外に出てみると
水のない河の向こうに明かりが一つ見えた
アンナのテントだった
暗い新月の夜に険しい崖を降りることはできない
明朝　明るくなったらすぐに
向こう岸へ行こうと私は考えた

夜中に上流の方で三年に一度の豪雨が降った
明け方から河には水が流れはじめ
やがて奔流となって岸を抉った
三日の後、河はまた涸れたが
向こう岸にもう明かりはなかった

8　回廊

月光の回廊に私は立っていた
白い大理石の円柱が何十本も
並んで立っていた
その一本の陰から一人の女が現れた
アンナだった　にこやかに笑っている
私はそちらへ歩み寄ろうとした
するとその時、隣の柱の陰から
別の女が歩み出した
それもアンナだった

三人　五人　八人
円柱の向こうから次々に湧き出すアンナたち
婉然たるほほゑみ
私は麻痺して動けなくなり
立ちすくんだ

改めて目を凝らすと
アンナは一人もおらず
円柱は月光に白く光っていた

9　覗く

彼らは私を小さな部屋に案内し
私の手足を縛りあげ
何があっても声を出せないよう
革の拘禁具で私の口を閉ざした

小部屋の中は真っ暗で
壁に小さな穴が一つ開いていていた
覗いてみるとそこは広い寝室だった

横の扉から女が一人入ってきて
後ろを向いたまま衣服を脱いだ
すっかり裸になってからふりむくと
アンナだった

男が入ってきた
衣服を脱いで
彼女を寝床の上に誘った
二人は手足を絡ませ、撫で、舐め、噛み
交わり、息をこらえ、快楽の声をあげた

ことが終わって
寝床を離れたところを見ると
まるで知らない女だった

10 事故

州立大学に輸送機が墜落した晩
私は近くで一人寂しく夕食を摂っていた
私はすぐに現場に駆けつけた
消防隊の赤い閃光灯が照らす中
人々は必死になって瓦礫を片付け
負傷者を運んでいた
私は進み出て、血にまみれた負傷者に
応急措置を施した（私は医者だった）
その間ずっと

この事故そのものが
アンナからのメッセージだったら
何と恐ろしいことだろうと考えていた

翌日の昼すぎ
事故は彼女からのメッセージではないことが
明らかになった

11　子供たち

そのビルの窓を開けて
私は下を見た
広い芝生の上で
たくさんの子供たちが走り回って
遊んでいた

誰かがピーッと笛を吹いた
子供たちは四方八方から走ってきて

芝生の上に大雑把に並び
お互いの位置を見ながら数歩ずつ動いて
文字を作った……

Ａ　Ｎ　Ｎ　Ａ

また誰かが笛を吹いた
子供たちはぱっと散って

一目散に走って消えてしまった
私はからかわれたのだろうか

12

嗚呼！

最後にはまた一緒になる
丘の中腹の小さな石の小屋で
共に暮らすようになる
その時にこのゲームは終わる
それがわかっているから
私はあせることなく
アンナのあとを追う
この無限にも思われる鬼ごっこを続ける
無限ではない　永遠ではない

それはわかっている
わかっていないのは
いつまでかということ

嗚呼！
メランコリア！

＊

一九九八年、優れたイラストレーターであった阿部真理子の発案で詩画集を作ることになり、絵が先行する形で『メランコリア』が生まれた。今はぼくの詩の部分だけをここに提示する。

二歳の時の詩

お月様、おいで、おいで、
あんによ、あんによして、おいで、おいで、
飛んで、おいで、おいで、
もうちゅぐ、まんま、よう……

裏の畑で

ポチがなく
裏の畑で
アッパなる
裏の畑で
カボチャなる

*　47年9月　Natsuki

"Otsukisama, oide oide,
Annyo — annyo shite oide oide,
Tonde oide oide
Mochugu Manma yo ……"

Ura no Hatake de
Pochi ga naku —
Appa naru

ぼくが二歳と二か月の時に口にした詩のようなものを父の武彦が記録してくれていた。アッパは何だろう？

ついでに武彦が六歳の時に書いた詩も添える。九州日報に載ったもので、たぶん母親のトヨが投稿したのだろう――

ネコトイヌ
　フクナガタケヒコ（六ツ）

ユキガフツタラ
ネコハコタツニ
マンマルイ
イヌハヨロコビ
ネコクン
アソボ

午後の歌　――娘に

生まれて間もないおまえはまだおぼえている、
ついこのあいだまでいた世界の匂いとざわめきを。
子供たちはいつも澄んだ声で地理学を歌った。
カモメは天の一番青いところへ昇って
水圏全体に正午を告げた。
その時おまえは小さな魚の形、
仲間と一緒に雲の洪水を泳ぎわたって

大地などには目もくれなかった。

記憶の鳥が視野をななめに横切るから
時々おまえはうれしそうににっと笑う。
(波のすぐ上を飛ぶのはカモメじゃない)
生まれてきたのをもちろん喜んでいるのに
(カランザの首都はンクランザです)
誕生する前に戻りたくなることもあって
(本当は宇宙は大きな犬、走ってる)
おまえの機嫌がふと悪くなるのを
(ほら、聞いて……………………)
ぼくたちはどうすることもできない。

きみが通ると

きみが通るとブナの木は背伸びしてきみを見ようとする。
タンポポはきみの素足に踏まれて、嬉しそうに震える。
遠くの空で積雲がきみを眺めているのを知っているかい？
きみが雲を見るように、雲はきみを見ているんだ。
鳥たちは遠慮しているよ、きみの真上を飛ばないように。
リスとムササビはきみが今日どこへ行くか当てようと
しきりに議論を重ねている。

だけどきみはそんなことに気付きもしない。
きみはただ、自分は自分だと思いながら
フジの花の匂いの中を歩いてゆく。
人の視線に気付くまで、きみは世界で最も美しい娘だ。
だから、ぼくはいつもきみをこっそりと見るようにしている。

木になる

まずは土地を選ぶのが大事で
そこにすっくと立てればしめたもの
髪の間を抜ける風、陽光、土の匂い、水の気配、
すべて正常に受信していることを確認する
（コンピューターの自己診断プログラムみたいに）
あとは満ち足りた気持ちで十年ばかり
そのまま立って待てばいいのさ

そう、簡単なことなんだよ、実際
木になるのは

蓮乃《レノ》が歌う朝の歌

明るくて　それから暗くなって
暖かくて　時々涼しくなって
おいしいのに　すぐおなかが空いて
いい匂いがして
すべすべで　ざらざらで……

生まれてきてとってもうれしい
蓮乃です
よろしくおねがいします

full of light, then get dark
warm, sometime cool
delicious, but soon I feel
    hunger
smells marvelous
some smooth, others coarse

am very happy to be born

my name is Renno
nice to meet you

那由多の海

（ナユタです）
（えっ？）
（ナユタ、とてもとても大きな数です）

桜が咲いている。
地面の下の広い空洞。
そこを花と枝と幹で埋めて、
たくさんの桜が咲いている。
花びらが放つ光が充ち満ちて、

おお　眩しいほどの桜色！
一羽のツバメが花をかすめて飛ぶ。

この空洞を地下深く隠した大地は
実は一隻の船に積まれている。
今しも船は那由多の海を
真東に向かって航行し、

その海はまた
一滴の水の中にあって、
その一滴は本当は星。

百億の星から成る星雲の中の一つの星、
としての
その水滴を想像せよ、と神は言われる。

だがそう言う間にも
桜は散り始める。
花びらが空洞に舞い、
見ているうちに空洞は、大地は、船は、
那由多の海も、
水滴も、星雲も、
薄れ、薄れ、薄れ……
消えてしまう。

今年ばかりは

目を閉じて、
心しずかに、
想像してください――
この桜がすべて灰色だったら、と。

昔、ある詩人がそう言いました。

大事な人が亡くなった春も
桜ははなやかに咲く。
でも、共に見る人はいない。
それならばいっそ、
山いっぱいの、喪服の色の桜を！

深草の野辺の桜し心あらば今年ばかりは墨染めに咲け

＊

古今集832、上野岑雄《こうずけのみねを》の歌です。
この歌を知ったのは『源氏物語』だった。「薄雲」の巻で藤壺の死を嘆く光君が「今年ばかりは」とだけつぶやく。当時の読者はそれだけでこの歌のことだとわかった。

二条院の御前の櫻を御覧じても、花の宴の折など、思し出づ。「今年ばかりは」と、ひとりごち給ひて、人の、見とがめつべければ、御念誦堂にこもりゐ給ひて、日一日、泣き暮らし給ふ。夕日、花やかにさして、山ぎはの木ずゑ、あらはなるに、雲の薄く渡れるが、鈍色なるを、なにとも御目とどまらぬ頃なれど、いと物あはれに思さる。（岩波文庫『源氏物語（二）』）

†

ある詩的プロジェクトの敗退

震災はさまざまな落胆を生んだ。
二〇一一年のこれはその一つの例の報告である。

去年の夏、フランスと日本の二つの演劇集団の共同プロジェクトから詩の注文を受けた——「Les Souffleurs-Commandos poétiques（ささやきの詩想レジスタンス）は東京演劇集団風とともに、二〇一一年三月から四月にかけて、日本を南から北へ、気ままな桜の開花にしたがって歩みを進めながら、コトバの種をまく『桜前線』を実施いたします」という話。

俳優たちが劇場の外に出て、出会う人々の耳に長い筒（ロシニョールすなわちウグイスと呼ばれる）や扇子を介して言葉を注ぎ込む。言葉は日本語とフランス語の両方。詩でも散文でもいいのだが、二十秒から二分というから『源氏物語』のように長いものを書いてはいけない。やはり詩ないし詩的散文だろう。

しかも、作品はリルケの『ドゥイノの悲歌』の「開花する、凋落する、この二つは同時にわれらの意識にやどる」という一節をもとに、「世界の消え行く美、生の儚い性質について」語るもの（「ささやきの詩想レジスタンス」代表オリヴィエ・コントの言葉）、というおそろしく高踏的な要求がついている。参加する文学者は日仏合わせて三十八人。

桜の咲く広場や公園で、俳優は通る人に表情と身振りである行為を共有したいと伝える。相手が興味を示せば、耳元に筒の先を近づけて詩をささやく。詩想とくすぐったさが同時に押し寄せて聞く者は戸惑うかもしれないが、その詩的困惑はすばらしい。そうやって俳優たちは桜前線を追いながら日本列島を北上する。

ぼくはこの注文に応じることにして、しばらく思案の後、二篇の詩を書いて送った。果たして「世界の速度を緩め、また世界を揺さぶる」ものが書けたかどうか自分ではわからなかった。

季節は巡り、三月になって十二名の俳優たちがフランスからやってきた。それは地震の三日後で、だから彼らは事情を知りながら来たのだが、その後で福島第一原発の損壊を理由に事態は急速に悪くなった。フランス政府は日本にいるフランス人に対して本国への帰還ないし日本の南部への移動を勧告した。ぎりぎりのところで東京演劇集団風の浅野佳成が多くの事情を考慮して計画の中止を決意し、フランスの俳優たちは名残惜しげに帰っていった。オリヴィエ・コントは「来年になっても、再来年になっても」また来ると言い遺した。

問題は、ぼくが書いた詩がまるで讖《しん》を成したように思われることだ。小さな偶然なのだが、こういう場合にはそこに意味があるような気がしてしまう。

前記の「世界の消え行く美、生の儚い性質について」という要請はほとんどぼくの頭になかった。ただ桜に関わる詩を書こうとしか考えていなかった。しかし、桜という花のありかたそのものがこの要請に適っていたとは考えられる。美と喪失感の組合せが人の心を戦かせ、無常につながる詩興をそそる。

第一の作「那由多の海」はずいぶん長い暗中模索の後、友人である写真家畠山直哉の作品集『Underground』に文字通り啓発されてふっと生まれた。地下水道に満ちる光を捕らえた写真を次々に見ているうちに、この閉鎖空間いっぱいに咲く桜が見えた。それがすべて消えてゆく。

畠山は陸前高田の出身で、代表作『ライム・ワークス LIME WORKS』に見るように地元との親近感が強い。そして今度の震災で彼は身内を失ってとても辛い思いをした。

第二の作「今年ばかりは」は和歌のパラフレーズである。安直な手法かもしれないが、一つ目がうまく行ったので少し力を抜いてもいいと思った。ただ、桜の歌などたくさんあるのになぜこの悲傷の色の濃いものを選んだのかは自分でもわからない。

プロジェクトは来年の実現を目指している。そこでまた参加を請われたら、その時はまるで違う色調の詩を書きたいと思う。

後日の記　来年は実現しなかった。

名前が知りたい

A
風になぶられて
風の名が知りたい
髪が乱されて騒ぐ

A'
鳥が急降下
鳥の名が知りたい

午後から晴れるはずさ

B

森の声　川の音　ざわめき
ブナの木の枝を
見上げて　ためいき

A'

きみが話す声
何度でも　聞きたい
気持ち　乱れて騒ぐ

B　市場から　帰り道　今日も
待ってるけれども
来るかな　来るかな

C　知りたいのはさ　きみの名前
笑顔の奥　秘密

B　きみは来ない　ぼく一人　だけど
それでも知りたい
きみの名前

B　風の名は　知らなくていい　だけど
やっぱり知りたい
きみの名前

＊

原田知世さんに乞われて書いた歌詞。
アルバム『noon moon』にある。

秋風の歌

どこからか秋風がやってきて
北へ帰る雁の群れを送り出した
朝、庭の木を揺する風の音に気づいたのは
私ひとり

＊

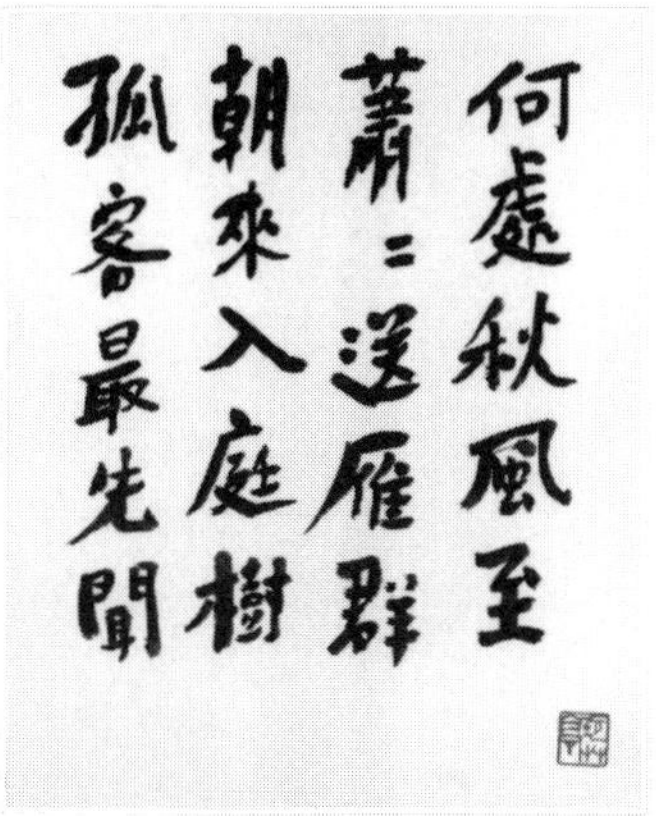

秋風引　　　劉禹錫

何處秋風至
蕭蕭送雁群
朝來入庭樹
孤客最先聞

何処よりか秋風至る
蕭蕭として雁群を送る
朝来　庭樹に至る
孤客　最も先に聞く

数年前、さる古書店で福永武彦の色紙を見つけて気まぐれに買った。それがこの漢詩で、たぶん父は『唐詩選』で読んで気に入ったのだろう。そういえば晩年の父に「北風のしるべする病院」という詩があった。ぼくは色紙は書かないが、唐詩から秋の詩を一つ選ぶとなれば李賀の「木を植えてはいけない（莫種樹）」にするだろう。

園中莫種樹　　庭に木を植えてはいけない
種樹四時愁　　木を植えるといつも淋しいから
獨睡南牀月　　南に向いた寝床で独り寝る
今秋似去秋　　この秋も去年の秋と変わらない

あとがき

自分に詩の季節がまた巡ってきた。

豊穣にはほど遠い。

ぽつりぽつりと滴るだけだが、それでもどうやら涸れてはいないらしい。

『日本文学全集』でたくさんの和歌や琉歌、近代・現代の詩と短歌と俳句を読んだことの効果かもしれない。

ヨルク・シュマイサーと共作の詩画集『古事記』の計画を再開できたのは（彼はもういないけれど）、この古典を現代語訳し、さらにそれを元に『ワカタケル』を書いたことが促しとなった。いずれは本になるはず。

思い立って旧作のファイルを開いたところ、まあまずまずというものがいくつか見つかった。

それを束ねてそっと差し出す。

「午後の歌　――娘に」は『池澤夏樹詩集成』にも収めたのだが、四人の娘たちと甥と姪の産湯を使わせた思い出から再び載せることにした。自分の「二歳の時の詩」と並べたかったということもある。

二〇二一年一月　札幌　池澤夏樹

池澤夏樹（いけざわなつき）

詩人・作家・批評家。一九四五年、帯広生れ。東京・アテネ・フォンテーヌブロー・沖縄知念村・札幌などに住む。

詩に関わる著書に、詩集『塩の道』『最も長い河に関する省察』『池澤夏樹詩集成』『この世界のぜんぶ』、詩についてのエセー『詩のきらめき』、詩の翻訳『カヴァフィス全詩』ほか。

小説『スティル・ライフ』『マシアス・ギリの失脚』『花を運ぶ妹』『キトラ・ボックス』『ワカタケル』など、エセー評論等に『ギリシアの誘惑』『インパラは転ばない』『楽しい終末』『星界からの報告』『嵐の夜の読書』『みっちんの声』など、編纂書に『池澤夏樹個人編集・世界文学全集』『池澤夏樹個人編集・日本文学全集』など、翻訳にダレル『虫とけものと家族たち』サン＝テグジュペリ『星の王子さま』など。

「メランコリア」とその他の詩＊著者池澤夏樹＊発行二〇二一年七月五日初版第一刷＊発行者鈴木一民発行所書肆山田東京都豊島区南池袋二―八―五―三〇一電話〇三―三九八八―七四六七＊装幀亜令＊印刷精密印刷ターゲット石塚印刷製本日進堂製本＊ISBN九七八―四―八六七二五―〇一四―三